I0556882

وسيم وكذاب

إعداد وتحرير: رأفت علام

مكتبة المشرق الإلكترونية

صدر في مايو ٢٠٢٠ عن مكتبة المشرق الإلكترونية –
مصر

ISBN: 9780463571361

Table of Contents

وسيم وكذاب

١ . الفصل الأول
٢ . الفصل الثاني
٣ . الفصل الثالث
٤ . الفصل الرابع

الفصل الأول

لم تكد طائرة (مصـــر للطيران) تقلع من مطار (هيثرو) بـ(لندن)، في طريقها إلى (القاهرة)، حتى تنفست (صفاء) الصـــعداء، وراحت تقطع ممر الطائرة الطويل، وهي ترسم على شفتيها ابتسامة تقليدية هادئة، سائلة ركاب الطائرة عما يطلبونه، قبل أن تذهب إلى مطبخ الطائرة، لإعداد مشروبات الرحلة..

كانت تلقي أسـئلتها على نحو تقليدي، اعتادته في كل رحلة، وإن شـعرت في ذلك اليوم بضـجر شـديد، وهي تمارس عملها المعتاد، الذي لم يتغير كثيرًا، طوال عامين قضـــتهما في الوظيفة نفســها، حتى لم تعد تحتمل الاستمرار..

ثم فجأة التقت عيناها بعينيه..

بل بابتسامته الساحرة..

كانت تنحنى لتلقي عليه ســؤالها المعتاد، عندما تعلقت عيناها فجأة بأجمل ابتسامة رأتها، طوال سنوات عملها..

وعندما رفعت عينيها إليه، كشـفت أن ابتسـامته ليسـت ســوى النذر اليســير، من وســامته المفرطة، وأناقته الشديدة..

وطوال ربع دقيقة، لم تنبس (صــفاء) ببنت شـفة، وهي تتطلع إليه في انبهار، عندما سألها في مرح واضح:

- ألن تلقي علي سؤالك الشهير؟

ايقظتها عبارته من انبهارها، فارتبكت وهي تقول:

- معذرة.. هل ترغب في..

قاطعتها بنفس المرح:

- قدح من الشاي، بقليل من السكر، ودون حلوى.

لاحظ ارتباكها الشديد، فأطلق ضحكة قصيرة، وهو يقول:
- إنني أقدر ضجرك من هذا العمل.
قالت بسرعة:
- لم أقصد أن..
قاطعها بإشارة من يده، وهو يميل نحوها، ويغمز بعينه، هامسًا:
- إنني أفهم، فنحن أصحاب مهنة واحدة.
اعتدلت هاتفة في دهشة:
- حقًّا؟!
ابتسم وهو يلوح بكفه، قائلًا:
- إلى حد كبير، فأنا أمتلك مطعمًا صغيرًا في (الإسكندرية).
بادلته الابتسام، وهي تقول:
- إنها مهنة مشابهة بالفعل، ولكن عملنا هنا يمتد إلى محاولة منح كل وسائل الراحة والطمأنينة للركاب.
أومأ برأسه، وهو يبتسم قائلًا في تفهم:
- يمكنني إدراك هذا جيدًا.
اكتفت بهذا القدر من محادثته، وواصلت عملها، الذي لم يستغرق طويلًا هذه المرة، نظرًا لقلة الركاب في هذه الرحلة، حتى بلغت مطبخ الطائرة، وهناك استقبلتها زميلتها (سميرة) بابتسامة واسعة، وهي تغمز بعينيها، قائلة:
- هنيئًا لك.
سألتها في دهشة:
- على ماذا؟
مالت (سميرة) نحوها، وهمست:

- لقد رأيتك تتحدثين مع هذا الشاب.
قالت (صفاء) في ضيق:
- بل كان هو يتحدث إلي، وهي ليست أول مرة يحادثني فيها أحد ركاب الطائرة، فقد اعتدنا هذا.
قالت (سميرة) بابتسامة مرحة:
- ولكن هذا أكثرهم وسامة.
هزت (صفاء) كتفيها، دون أن تبدي اهتماما بالأمر، وحاولت الانهماك في إعداد المشروبات، التي طلبها الركاب، ولكن (سميرة) سألتها في اهتمام:
- ماذا كان يقول لك؟
أجابتها وهي تواصل عملها:
- كان يخبرني أننا أبناء مهنة شبه واحدة، وأنه يمتلك مطعمًا في (الإسكندرية).
عادت (سميرة) تغمز بعينيها، قائلة:
- إذن فهو ثري.
هتفت (صفاء):
- هذا لا يعنيني.
ضحكت (سميرة)، وهي تلوح بكفها، قائلة:
- حسنًا.. حسنًا.. لا داعي لكل هذا الغضب.. هيا.. سأعتذر عن فضولي بأسلوب عملي، وسأقدم أنا المشروبات للركاب.
لم تكن (صفاء) ترغب في هذا حقًا، ولكنها خشيت أن تتصور (سميرة) أنها تريد التحدث إلى ذلك الوسيم ثانية، فقالت:
- لا بأس.. افعلي.. إنني أحتاج بالفعل إلى شيء من الراحة.

جلست على أحد مقاعد المطبخ الصغير، وتركت زميلتها تدفع عربة المشروبات إلى الممر، وهي تشعر بشيء من الضيق.. وفي أعماقها، اعترفت بأنها كانت ترغب حقًا في الحديث مرة أخرى مع ذلك الشاب..

لم تدر أكان، هذا بسبب وسامته المتناهية، التي لم تشاهد مثيلًا لها من قبل، إلا على شاشات السينما، أم بسبب مرحه وخفة ظله..

ظلت تلقى على نفسها هذا السؤال، حتى عادت (سميرة)، واللهفة تملأ كل خلجة من خلجاتها، وأسرعت تغلق الباب خلفها، على نحو يوحي بأنها على وشك إلقاء سر ما، مما جعل (صفاء) تسألها:

- ماذا هناك؟

التفتت (سميرة) إليها، هاتفة:

- إنه وسيم للغاية بالفعل.

شعرت بالضيق لعبارة زميلتها، واعترفت لنفسها أنها تشعر بشيء من الغيرة، إلا أن (سميرة) استطردت في سرعة:

- ولقد سألني عنك.

وجدت نفسها تهتف في لهفة:

- حقًا؟!

شعرت بالخجل للهفتها، ولكن (سميرة) واصلت، دون أن يبدو عليها الانتباه لهذا:

- كنت أقدم له قدح الشاي، عندما سألني عنك، وعن سبب عدم تقديمك الشاي له بنفسك.

سألتها (صفاء):

- وبم أجبتيه؟

لوحت (سميرة) بكفها، وقالت ضاحكة:

- أخبرته أنك تشعرين ببعض التعب، وليتك رأيت جزعه حينذاك.

شعرت بالسعادة في أعماقها، وارتسمت على شفتيها ابتسامة كبيرة، دون أن تنبس ببنت شفة، في حين تابعت (سميرة) مبتسمة:

- أراد رؤيتك، والاطمئنان عليك، ولكنني أخبرته أنها مجرَّد وعكة بسيطة، ستتعافين منها سريعًا، فأرسل تحياته إليك.

ثم مالت نحوها، مستطردة في خبث:

- أيسعدك هذا؟

ضربتها (صفاء) على ظهرها في رفق، وهي تقول في حياء:

- يا لك من فضولية!

أطلقت (سميرة) ضحكة مرحة، ثم قالت:

- إنه وسيم بالفعل، ولكنه يمتلك أسوأ صفة في البشر.

سألتها (صفاء) في قلق:

- ما هي؟

أجابته (سميرة):

- الكذب.. إنه كذاب كبير.

لم يرق لـ(صفاء) أن تصف (سميرة) ذلك الوسيم بهذه الصفة، فقالت في ضيق:

- لم قلت هذا؟

أجابتها (سميرة):

- لأنه كذلك بالفعل.. لقد أخبرك أنه يمتلك مطعمًا في (الإسكندرية)، ولكنني سمعته يقول لجاره بالإنجليزية إنه تاجر تحف في وسط (القاهرة).

هتفت (صفاء) في دهشة:

- تاجر تحف.

أشارت (سميرة) إلى أذنها، قائلة:

- سمعته يقول هذا بنفسي.

تردّدت (صفاء)، وهي تقول:

- ربما كان يقصد شخصًا آخر.

أجابتها (سميرة) في إصرار:

- بل كان يقصد نفسه.. لقد سمعت الحديث جيدًا.

شعرت (صفاء) بالحيرة، وتساءلت عن السبب في هذا التعارض، ثم لم تلبث أن هتفت في ارتياح وثقة:

- نعم.. و ماذا في هذا؟.. لقد قال: إنه يمتلك مطعمًا في (الإسكندرية)، ولم يقل: إنه يعمل فيه.. إنه يمتلك المطعم، ولكنه يعمل كتاجر تحف في (القاهرة).. لا يوجد أي تعارض بين هذا وذلك.

هزت (سميرة) كتفيها، وهي تقول:

- ربما.

ثم لم تلبث أن نسيت أمر ذلك الوسيم تمامًا، وانهمكت في الحديث حول أمور أخرى، تخص زميلاتها، والعمل بالشركة على نحو عام، ولكن (صفاء) لم تنجح في الاندماج معها هذه المرة، إذ كان ذهنها مشغولًا طيلة الوقت بذلك الشاب، الذي تجهل عنه حتى اسمه..

لم تدر لماذا انشغلت به إلى هذا الحد؟

إنها تعمل في الشركة منذ عامين، التقت خلالهما بالمئات من المسافرين، وبعشرات من نجوم السينما والشخصيات المرموقة، وكانت تؤدي عملها دائمًا في رصانة وهدوء، وترسم ابتسامتها العذبة على شفتيها، دون أن تبهرها شخصية المسافر، أو يروعها منصبه..

لماذا اهتمت بهذا الشاب إذن؟..

شيء ما في أعماقها كان يجيبها بأن هذا الشاب يختلف.. حتمًا يختلف..

إنها لا تدري سـر هذا الاختلاف، ولكنها واثقة من أن وسـامته ليسـت السـبب الحقيقي، وإن كانت تفوق وسـامة كل من رأتهم من قبل، ولكنها ليست بتلك السطحية، التي تجعل وسامة شاب هي السبب في اهتمامها به، من دون شخصيته وأسلوبه..

هناك شيء ما يجذبها إليه بالتأكيد..

شـعرت فجأة برغبة قوية في رؤيته، فلم تحاول مقاومة هذه الرغبة، ونهضت قائلة:

ـ سأذهب لاستعادة الأكواب الفارغة.

ضحكت (سميرة) في خبث، وهي تقول:

ـ أهذا هو السبب الحقيقي؟

لم تبال كثيرًا بسخرية (سميرة) هذه المرة، واكتفت بهز كتفيها في لا مبالاة، وهي تخرج إلى الممر، دافعة أمامها العربة الفارغة..

ثم التقى حاجباها في توتر.

لم يكن الشاب يجلس في مقعده..

لقد غادر مكانـه، وانتقـل للجلوس إلى جوار حسـناء بريطانية، تحمل حقيبة أدوات التصـوير الخاصـة بها، وأخذ يناقشـها في حماس، بشـأن أدوات التصـوير، وهو يحمل آلة التصـوير التي تملكها الفتاة، ويثبت بها عدسـة طويلة، متغيرة البعد..

وشعرت (صفاء) بالضيق..

بل الغيرة..

لقد اعترفت لنفسها هذه المرة أنها تشعر بالغيرة، وهي تراه جالسًا إلى جوار تلك الحسناء البريطانية، التي تتطلع إليه في انبهار واضح، وتبتسم في سعادة غامرة..

كان من الواضح أن وسامته ومرحه قد جذبا الحسناء البريطانية أيضًا، وإن بدا من الواضح أيضًا أن اهتمامه بآلة التصوير يفوق اهتمامه بها، وهو يضع الآلة على عينيه، ويتطلع بالعدسة الكبيرة في اهتمام بالغ إلى رجل قوي الملامح، عريض المنكبين، كث الحاجبين، يجلس عند نهاية الممر، مسترخيًا في مقعده..

وانتقل بصر (صفاء)، على نحو غريزي، إلى ذلك الرجل، الذي يراقبه الشاب بعدسة آلة التصوير المقربة، وأدهشها ذلك التناقض الشديد، بين الشاب والرجل، فبقدر وسامة الأوَّل، كان الثاني غليظ الملامح، صارم القسمات، وكان يبدو مستغرقًا في نوم عميق، غير منتبه إلى مراقبة الشاب له..

وفي حيرة سألت نفسها عن سر تلك المراقبة، إلا أنها لم تلبث أن أقنعت نفسها بأن الشاب إنما يختبر العدسة، وأيد قولها موقفه، عندما رفع عينيه عن آلة التصوير، وأعادها إلى البريطانية، قائلًا بالإنجليزية:

- عدسة رائعة يا سيدتي، والتغير بين بعديها مناسب للغاية، ولكن حدقتها المتوسطة الاتساع تجعلها أكثر صلاحية للهواة، منها إلى المحترفين.

سألته البريطانية بابتسامة واسعة:

- يبدو أنك تفهم الكثير عن العدسات.. أليس كذلك؟

أجابها في ثقة شديدة:

- بلى.. إنها مهنتي.

سمعت (صفاء) البريطانية تسأله في اهتمام:

- مهنتك؟!.. أأنت مهندس بصريات؟
أجابها بلا تردد:
- بل مصور.. مصوَّر محترف.
جاء الجواب بمثابة صدمة لـ(صفاء)، التي أدركت – في تلك اللحظة – أن (سميرة) كانت على حق..
هذا الشاب كذاب..
كذاب كبير..
واصلت طريقها وهي تشعر بالضيق، لأن الشاب لم يرق بوسامته إلى ذلك المستوى، الذي لا تقبل هي بأقل منه، في الشاب الذي تتطلع إلى الارتباط به، ولكنها لم تكد تعبر بالقرب منه، حتى هتف بها:
- (صفاء).. كيف حالك الآن؟
لاحظت ضيق البريطانية، وهو ينهض لتحيتها في حرارة، وأسعدها أن تجاهل هو هذا الضيق تمامًا، بل تجاهل البريطانية نفسها، وهو يتبع (صفاء) إلى حيث مقعده، مستطردًا:
- لقد قلقت بشأنك كثيرًا، عندما أخبرتني زميلتك بوعكتك.
غمغمت في ارتياح:
- كانت وعكة بسيطة، ولقد انتهت بحمد الله.
قال في حماس:
- حمدًا لله على سلامتك.
استقر في مقعده، وواصلت هي عملها، وقلبها يختلج في سعادة..
لقد ترك البريطانية من أجلها..
ترك كل شيء عندما رآها..

أثلج هذا قلبها كثيرًا، وشــعرت بســـعادة غامرة، وهي تواصـــل جمع الأقداح الفارغة، ثم قفلت عائدة بحملها، والتقت عيناها بابتسامته الساحرة مرة أخرى، في طريق عودتها، فارتبكت، وتخضــب وجهها بحمرة الخجل، وتجاوزته في سرعة، ولم تكد تبلغ المطبخ، حتى ســألتها (سميرة) في فضول:

- ماذا قال لك؟

أجابتها (صفاء)، وهي تتحاشى النظر إليها:

- لم يقل شيئًا.. سألني فقط عن تلك الوعكة الكاذبة.

ضحكت (سميرة)، قائلة:

- ألم تشعري بالامتنان لكذبتي عندئذ؟

لم تجب (صفاء)، وإن شــعرت أن قول (ســميرة) ســليم تمامًا، فقد شـــعرت بالامتنان لها ولكذبتها بالفعل، عندما شاهدت تلك اللهفة الواضحة، في عيني الشاب..

لقد أسعدتها لهفته عليها سعادة غامرة..

أسعدتها بأكثر مما تصورت..

وفي حماس قالت (سميرة):

- لقد وقع في هواك.. فلتقطع ذراعي، لو لم يكن الأمر كذلك.

أرادت أن تهتف مؤيدة قولها، ولكن خجلها جعلها تشـــيح بوجهها، قائلة:

- أنت تبالغين كثيرًا.

هتفت (سميرة):

- هل تراهنين؟

ثم فتحت باب المطبخ قليلًا، وهي تردف في حماس:

- أراهن أنه ينتظر قدومك.

ألقت نظرة فضـــولية، عبر فرجة الباب، ثم غمغمت في قلق:

- ما هذا بالضبط؟

انتقل قلقها إلى (صفاء)، وهي تقول:

- ما هو هذا؟

مالت بدورها تختلس النظر إلى العمر، عبر فرجة الباب، ثم لم تلبث أن شـــعرت بالدهشـــة الحقيقية تســـري في عروقها..

لم يكن الشـــاب ينتظر عودتها، كما تصـوّرت (سـميرة)، ولكن ذلك الرجل الغليظ الملامح، الذي يجلس في نهاية الممر، كان قد تخلى عن تظاهره بالنوم، وراح يراقب الشاب خلسة، في اهتمام بالغ..

وفي جانب ســـترة الرجل، رأت (صـــفاء) شـــيئًا جعلها ترتجف..

رأت مقبضًا..

مقبض مسدس.

✿✿✿

الفصل الثاني

"مسدس؟..! "

هتف قائد الطائرة بالكلمة في دهشــة، قبل أن يضيف في توتر:

- مستحيل يا (صفاء)!.. أنت تعلمين أنهم يفحصون هذا جيدًا، عند ركوب الطائرة، فكل راكب يمر عبر بوابة خاصة، ينطلق منها جرس إنذار قوي، لو أن هذا الراكب يحمل أية أسلحة، أو حتى مواد معدنية أخرى.

أجابته (صفاء)، في توتر مماثل:

- أعلم هذا، ولكنني رأيت مقبض مســدس، خلف ســترة ذلك الراكب.

تبادل قائد الطائرة نظرة قلقة مع مساعديه، ثم سألها:

- هل أبلغت (عبد الحميد)؟

هزت رأسها نفيًا، وهي تجيب:

- لا.. لقد فضلت إبلاغك أولًا، قبل إبلاغ مسؤول الأمن.

قال في حزم:

- أبلغني مسؤول الأمن إذن.. أبلغني (عبد الحميد).

أجابته في توتر:

- فليكن.

غادرت كابينة القيادة، وعبرت ممر الركاب، متجاوزه ذلك الراكب المنشود، وهتف بها الوسيم في مرح:

- كيف حالك يا (صفاء)؟.. أيسير كل شيء على ما يرام؟

أجابته مبتسمة في شحوب:

- نعم.. شكرًا لك.

واتجهت إلى آخر مقعد في الممر، حيث يجلس رجل ضخم الجثة، وهمست له في ارتباك:

- هناك راكب يحمل مسدسًا يا أستاذ (عبد الحميد).

انعقد حاجبا الرجل، وانقبضت عضلاته كلها، وهو يقول:
مسدس؟!.. وأين هذا الراكب؟

أشـارت إلى الرجل، فنهض (عبد الحميد) من مقعده،
واتجـه إليـه على الفور، وانحنى يتحدث إليـه بضـع
لحظـات، نهض بعدهـا الرجل، وتبع (عبد الحميد) إلى
الحجرة صـغيرة في نهاية الطائرة، أغلقها (عبد الحميد)
خلفهما، و(صفاء) تتابعهما في توتر، حتى سمعت الوسيم
يهتف بها:

- آنسة (صفاء).. لحظة لو سمحت.

ذهبت إلى حيث يجلس، وسألته:

- ماذا تطلب يا أستاذ..

أجابها في سرعة:

- (حاتم).. (حاتم بكري).. أخبريني.. مـاذا وراء ذلك
الرجل؟

لم تشأ إثارة الذعر داخل الطائرة، فقالت:

- إنه مجرد إجراء أمني بسيط.

سألها في اهتمام شديد:

- بسبب ماذا؟

وجدت نفسها تسأله فجأة:

- إنك تعرف هذا الرجل.. أليس كذلك؟

لم تكد تنطق الجملة حتى شعرت بالندم، وتمنت لو أنها لم
تشـر أبدًا إلى هذا الأمر، ولكن سـبق السـيف العزل.. لقد
تلقى (حاتم) الجملة في دهشة، وهتف:

- أعرفه؟!.. من أعطاك هذه الفكرة؟

ارتبكت وهي تجيب:

- لم أقصد هذا بالضبط، ولكنني رأيته يراقبك في اهتمام،
وتصوَّرت أنكما..

قاطعها هاتفًا:

- يراقبني؟!

مرة أخرى تمنت لو أنها لم تنطق بالعبارة، وقررت في أعماق نفسها كتمان ملاحظتها، عن مراقبته هو للرجل، ولكنه سألها في اهتمام أكثر:

- ولماذا يراقبني؟

أجابته في اضطراب:

- لست أدري.. لقد أبلغت الأمن فحسب.

لم تكد تتم عبارتها، حتى ظهر (عبد الحميد)، وأمامه الرجل، وتجاوز الرجل (صفاء) و(حاتم) في هدوء، دون أن تبدو عليه أية بادرة، تشير إلى معرفته للأخير، في حين قال (عبد الحميد) لـ(صفاء) في صوت عادي:

- إنه غير مسلح.

هتفت في دهشة:

- ولكنني..

بترت كلمتها على الفور، دون أن تضيف حرفًا واحدًا، وأدهشها أن يخبرها (عبد الحميد) بمثل هذا الأمر أمام (حاتم)، مخالفًا قواعد الأمن بالشركة، في حين قال (حاتم) في اهتمام بلغ ذروته:

- غير مسلح؟!

لوح (عبد الحميد) بكفه، وهو يمط شفتيه في لا مبالاة، قائلًا:

- لا تشغل نفسك بهذا الأمر يا سيدي.. لقد فحصته بنفسي، وقمت بتفتيشه على أكمل وجه.. اطمئن.

تضاعفت دهشة (صفاء)، وقررت أن تبلغ إدارة الأمن عن هذه التجاوزات الصريحة، عند هبوط الطائرة في (القاهرة)، في حين عاد (عبد الحميد) إلى مقعده في

هدوء، وبدا (حاتم) قلقًا، إلى الحد الذي جعلها تقول في خفوت:

- قال لك: اطمئن.

رفع عينيه إليها لحظة، ثم قال في جدية شديدة:

- أيمكنني التحدث إليك لحظة؟

قالت في حذر:

- قل ما يحلو لك.

أجاب في صرامة:

- وحدنا.

ارتبكت في شدة، وتلفتت حولها في قلق، فكرر في حزم:

- من الضروري أن أفعل.

تطلعت إليه لحظة في حيرة، ثم قالت:

- فليكن.

نهض يتبعها إلى حجرة الآمن، في نهاية الطائرة، ولم يكد يغلق بابها خلفهما، حتى واجهها بجدية بالغة، وهو يقول:

- كنت على حق يا (صفاء).. هذا الرجل يعرفني.

لم تنبس ببنت شفة، حتى استطرد:

- بل ويمكنك القول إنه هنا من أجلي.

أطلقت شهقة دهشة، قبل أن تهتف في خفوت:

- من أجلك أنت؟!

أومأ برأسه إيجابًا، وقال:

- نعم يا (صفاء).. هذا الرجل لص محترف، وأنا تاجر مجوهرات معروف، وأحمل في حقيبتي الصغيرة عددًا من قطع الماس، يبلغ ثمنها مليون دولار على الأقل، وأنا واثق أنه هنا لسرقتها.

تطلعت إليه لحظة في دهشة بالغة، ثم هتفت فجأة:

- أظن هذا يكفي.

سألها في دهشة:

- ما هذا؟

صاحت في عصبية:

- أنت كذاب.. أكبر كذاب عرفته في حياتي كلها.. لقد أخبرتني أولًا أنك تمتلك مطعمًا في (الإسكندرية)، ثم سمعتك (سميرة) تقول لجارك أنك تاجر تحف في (القاهرة)، وسمعتك أنا تدعي أمام البريطانية الحسناء أنك مصور محترف، والآن تخبرني أنك تاجر مجوهرات.. ماذا تنوي أن تمتهن بعد قليل؟.. هل ستصبح شيخًا من (الأزهر الشريف)، أمام كاردينالا من (روما).

قال في توتر:

- (صفاء) صدقيني.. إنني..

قاطعته في حدة:

- لا.. لن أصدقك.

ثم انعقد حاجباها في شدة، وهي تضيف:

- إلا إذا..

سألها في لهفة:

- إلا إذا ماذا؟

أجابته في حزم:

- إلا إذا رأيت تلك الماسات المزعومة.

بدت الدهشة على وجهه، والتقى حاجباه في شدة، وهو يقول:

- (صفاء).. إنك بهذا الموقف..

قاطعته مرة أخرى في صرامة:

- الماسات أولًا.

كان من الواضح أنها لن تتراجع أبدًا عن إصرارها، مما جعله يطلق زفرة حارة، من أعمق أعماق قلبه، ثم يلقى ذراعيه إلى جواره، قائلًا:

- حسنًا يا (صفاء).. سأعترف.. لا توجد أية مساسات.

أصابها الجواب بصدمة، على الرغم من أنها كانت تتوقعه إلى حد كبير، فمطت شفتيها، هاتفة في غضب:

- كنت أعلم هذا.. كنت أعلم أنك أكبر كذاب في الدنيا، وأنه لا توجد أية ماسات.

قال محتجًا:

- هذا لا يعني أنني شخص سيئ.

هتفت في سخط:

- ما الذي يعنيه إذن؟

قال في توتر بالغ:

- أرجوك يا (صفاء).. صدقيني.. هناك بعض المهن، التي يتحتم على صاحبها أن ينتحل بعض الشخصيات الأخرى، ولكن هذا لا يعني أبدًا أنه شخص سيئ.

هتفت:

- بعض المهن؟!.. هل ستنتحل مهنة أخرى؟

تطلع إلى عينيها مباشرة، وهو يقول:

- لا يا (صفاء).. لن انتحل مهنة أخرى، ولكنني سأخبرك عن مهنتي الحقيقية، على الرغم من أنـه ليس من المفروض أن أفعل.

قالت في حنق:

- وما مهنتك الحقيقية؟.. نصاب؟

أجابها في صرامة:

- بل ضابط يا (صفاء).. ضابط مخابرات.

حدَّقت في وجهه بذهول، وهي تردّد:

- أنت؟!.. أنت ضابط مخابرات؟

أومأ برأسه إيجابًا، وقال:

- نعم يا (صفاء).. هذه هي الحقيقة، وأقسم على هذا.. أنا المقدم (أشرف صادق)، من المخابرات العامة المصرية، أما ذلك الرجل، فهو جاسوس دولي رهيب، وأنا أراقبه منذ شـــهر كامل، ولكن يبدو أنه قد أدرك هذا، وكشـــف حقيقة شخصيتي، وهذا يعني أن رجاله ينتظرون الآن في مطار (القاهرة)، وسـيطلقون النار علىّ، فور خروجي من المطار.

هتفت في ارتياع:

- يا إلهي!

تابع في حزم:

- ولا يمكنني إلقاء القبض عليه داخل الطائرة، خشـية أن يكون لديه شـريك، يمكن أن يؤذي الركاب، لو حاولنا إلقاء القبض على الجاسوس.

سألته في خوف:

- ماذا يمكننا أن نفعل إذن؟

قال في صرامة:

- لا يوجد سوى حل واحد.

سألته في هلع:

- ما هو؟

أجاب وهو يتطلع إلى عينيها مباشرة:

- تأخير هبوط الطائرة في مطار (القاهرة).

اتسعت عيناها في دهشة، قبل أن تقول:

- ولكن هذا مستحيل.. هناك جدول للمواعيد، و..

قاطعها في حزم:

- لا يوجد حل آخر.

صمتت لحظات في توتر بالغ، ثم قالت:

على أية حال، لـــست أملك تنفيذ، أو حتى مناقشـــة هذا الأمر.. كل ما أملكه هو أن أصـــحبك إلى كابينة القيادة، لتقابل قائد الطائرة، وهو وحده يمكنه اتخاذ قرار في هذا الشأن.

قرنت قولها بالفعل، وصـــحبته إلى كابينة القيادة، حيث استمع إليه قائد الطائرة في دهشة، قبل أن يقول في حزم:

- مستحيل!.. لا يمكننا هذا أبدًا.

أجابه (أشرف):

- ولكن حياتي تتوقف على هذا الأمر أيها القائد، و..

قاطعه قائد الطائرة في صرامة تامة:

- مستحيل.. قلت لك مستحيل، ولن أناقش هذا الأمر قط.

فركت (صـــفاء) كفيها في عصـــبية، وهي تتســاءل عما يمكن أن يفعله (أشرف): حيال هذا الرفض، الذي يعرض حياته ومهمته للخطر..

ولكن (أشرف) أجاب تساؤلاتها في سرعة..

أجاب بأغرب جواب يمكن أن تتوقعه..

لقد قال لقائد الطائرة في هدوء شديد:

- إنك لم تترك لي الخيار إذن.

وبحركة سـريعة، انتزع من طيات ثيابه مسدسًا، صـوبه إلى قائد الطائرة، مستطردًا في صرامة مخيفة:

- ولم يعد أمامي سوى هذا.

وارتجفت (صفاء) في ذعر..

✿ ✿ ✿

الفصل الثالث

اتسعت عينا (صفاء) في ذعر، وهي تحدّق في المسدس، الذي يمسك به (أشرف)، وهتفت في ارتياع:

- ماذا تفعل؟

أجابها في هدوء، وهو يصوب مسدسه إلى رأس القائد:

- إنني أختطف الطائرة.

هتف مساعد الطيار، في مزيج من الدهشة والاستنكار:

- تختطفها؟!

وأطلقت (صفاء) شهقة أخرى، في حين زوى قائد الطائرة ما بين حاجبيه، وهو يقول:

- كيف أمكنك ركوب الطائرة، وأنت تحمل هذا المسدس؟

أجابه الشاب في انفعال:

- إنه مصنوع بالكامل من البلاستيك.. أحدث صيحة للأسلحة الخفيفة، المصنوعة خصيصًا بحيث لا تكشفها بوابات الأمن في المطارات، حتى رصاصاته من طراز خاص، من البلاستيك المقاوم لدرجات الحرارة المرتفعة.

مط قائد الطائرة شفتيه في ازدراء، وهو يقول:

- لعن الله المال، الذي يدفع إحدى الشركات إلى إنتاج مثل هذه الأشياء.

قال الشاب ساخرًا:

- دعك من هذه الفلسفة، واستدر بالطائرة.. ستعود إلى مطار (هيثرو).

أجابه الطيار في حزم:

- مستحيل.

وهتفت (صفاء):

- ألا تدرك ما تفعله؟!.. اختطاف الطائرات جريمة دولية.

أجابها في هدوء عجيب:

- بل أنتم الذين لا تدركون ما تفعلونه.. إنكم تطلبون مني التضحية بحياتي، من أجل الالتزام بجدول مواعيد سخيف.

قال الطيار:

- ليس لدي ما يثبت أن حياتك معرَّضة للخطر، بهبوطنا في (القاهرة).

أجابه الشاب:

وأنا لم أحاول إثبات هذا، وأنا أمرتك بالعودة إلى (لندن).

قال الطيَّار في لهجة شبه ساخرة:

- وهل ستَّطلق عليّ النار، لو لم أفعل؟

أجابه الشاب في صرامة:

- لن أتردّد في هذا، لو أنك اضطررتني إليه.

قال الطيار:

- ومن سيقود الطائرة؟

بدت لهجة الشاب تكتسب شيئًا من العصبية والتوتر، وهو يقول:

- فلتذهب الطائرة كلها إلى الجحيم، مادام هبوطها في (القاهرة) يعني موتي.

لم تصدق (صفاء) أذنيها..

إنه مستعد لقتل الجميع، دفاعًا عن حياته..

أم أنه يهدّد بذلك فحسب...

إنها لم تعد تستطيع التفرقة، بين الحقائق والأكاذيب في أقواله..

لم تعد تثق به..

أو بأي شئ..

لم تعد تدري حتى ماذا ينبغي أن تفعل..

أو هي – على وجه الدقة – لم تكن تملك ما تفعله..

ومع اضطرابها، سمعت الطيار يقول:
- هل تعلم خطورة إطلاق النار داخل طائرة؟
أجاب الشاب في عصبية:
- نعم.. أعلم.. طلقة واحدة طائشة قد تثقب جسم الطائرة، فيختل توازن الضغط داخلها، فيندفع الجميع خارجها، بقوة شفط هائلة، وقد ينقسم جسم الطائرة إلى نصفين، ولكن من أدراك أن رصاصاتي ستطيش.. تكفيني رصاصة واحدة، أنسف بها جمجمتك.
قال الطيارة في صرامة:
- المهم أن تجد الوقت لتفعل، فقوانين الأمن هنا تمنع أي شخص، مهما بلغ منصبه، من التواجد داخل كابينة القيادة، لأكثر من عشر دقائق، ولقد شارفت تجاوز هذه الدقائق العشر، وبعدها ستجد (عبد الحميد) هنا، وسيتحول المكان إلى ساحة قتال.
قال الشاب في حزم:
- يمكنني أن أغادر المكان.
ثم أضاف، وهو ينقل فوهة مسدسه إلى رأس (صفاء):
- ولكنني سأقتل هذه الفتاة بلا تردد، لو لم تعد إلى (هيثرو).
ارتجف جسد (صفاء)، واتسعت عيناها في هلع، وخفق قلبها في قوة، وكادت تسقط فاقدة الوعي، ولكنها فوجئت بالشاب يغمز بعينه، وكأنه يعلنها عن عدم جدية ما يقول، ويطالبها بمعاونته..
ولكن ذلك لم يبدّد عصبيتها وتوترها..
الموقف كله كان يثير مشاعرها إلى أقصى حد، وخاصة عندما قال الطيَّار في حزم:

ـ لا يمكننا العودة إلى مطار (هيثرو)، حتى لو أردنا هذا، فالوقود المتبقي لنا يكفي للعودة.. يمكننا فقط أن نهبط في أية دولة أخرى.

قال مساعد الطيار:

ما رأيك في الهبوط في مطار (الإسكندرية)؟

قال الشاب في حدة:

ـ لا تحاول خداعي.

وجذب إليه (صفاء)، وهو يهتف:

ـ قلت إنني سأقتل الفتاة.

وعلى الرغم من معرفتها أنه يفتعل هذا، وجدت نفسها تطلق صرخة رعب مكتومة، وهو يلصق فوهة مسدسه بصدغها، في حين قال الطيار في غضب:

ـ اقترح أنت مطارًا آخر في طريقنا.

صمت الشاب لحظة مفكرًا، ثم قال في حزم

ـ (مالطة).. اهبط في (مالطة).

قال الطيار في حدة:

حسنًا.. سـنـهـبـط في (مالطة)، ولكنني أحذرك للمرة الثانية.. ستثير شكوك (عبد الحميد)، لو لم تغادر الكابينة الآن.

قال الشاب، وهو يجذب (صفاء) معه:

ـ سأغادرها، ولكن ينبغي أن تعلم أنني لا أحتمل الخداع، وأن هذا المسدس ليس السلاح الوحيد الذي أحمله.

قالها وانتزع من حزامه قنبلة مستطيلة، وهو يستطرد:

ـ هي أيضًا مصنوعة من البلاسـتيك، وسـأنسـف بها الطائرة كلها، إذا ما حاولت خداعي.

ارتجفت (صـــفاء) في رعب أكثر، ولكنـها لم تنبس ببنت شـفة، حتى غادر الشـاب معها كابينة القيادة، فهمسـت في هلع:

- إنك لا تقصد هذا بالفعل.

ابتسم وهو يقول:

- بالطبع لا.

ولكنه أضاف في صرامة:

- ولكن من حقي أن أدافع عن حياتي.

لم تناقش الفكره معه، ولكنها اقتنعت بها في أعماقها..

من حقه بالطبع أن يدافع عن حياته..

لقد أخبرها بما ينتظره، وأخبر به الطَّيار، وطلب منها معاونته على إنجاح مهمته..

ولكن الطيار رفض في تعنت..

ومن حقـه – والحـال هكـذا – أن يـدافع عن حيـاتـه بـأيـة وسيلة..

وبكل وسيلة ممكنة..

لم يمنع هذا جسـدها من الارتجاف، وهي تسـير أمامه في ممر الركاب، حتى بعد أن أعاد هو مسـدسـه وقنبلته إلى حزامه، وألقت نظرة حذرة على (عبد الحميد)، ولكنها وجدته غارقًا في مقعده، مستغرقًا في نوم عميق، فشعرت بالحنق من هذا التراخي، الذي يتعامل به الرجل، على الرغم من أن مهنته هي الدفاع عن الطائرة، وملاحظة أية أفعال مريبة لأي من الركَّاب، فكيف يسـتغرق في النوم، ويترك الأمور تسير على هذا النحو..

وماذا لو أن (أشرف) مختطف طائرات بالفعل؟

لم يكد ذلك الخاطر يجول بذهنها، حتى ارتجفت في هلع..

ماذا لو أنه كذلك؟..

إنه أكبر كذاب عرفته، فلماذا تصدَّق قصته الآن؟

ولماذا لم يختطف الطائرة، وهو داخل كابينة القيادة؟..

وجدت في نفسها ميلًا لتصديق قصته، ورأت (سميرة) تلوَّح لها في خبث، أمام المطبخ، فأرغمت شــفتيها على ابتسامة شــاحبة، وسمعت الشـاب من خلفها يهمس في مرح:

- إنها تتصورنا حبيبين.. أليس كذلك؟

غمغمت:

- إنها تبالغ دائمًا في كل الأمور.

قال في همس:

- ولماذا تبالغ؟.. أليست الحقيقة؟

ارتجف جسدها في قوة أكبر، وهي تستقبل كلمته..

- الحقيقة؟..!

أمن الممكن حقًا أن يقع هو، بوسـامته وجرأته، في حبها هي؟..

هل يمكن أت تصبح زوجة رجل مخابرات؟..

يا للإثارة والغموض..

إنها ستتباهى بهذا بالفعل..

ستزهو به في كل مكان..

وفي كل مجتمع..

قطع انطلاقة أفكارها، وهو يهمس:

- (صـفاء).. صـحيح أننا نمر بمتاعب جسيمة، ولكن صـدقيني.. سـينتهي كل هذا بسـلام، فور وصـولنا إلى (مالطة)، وعندئذ سـيمكنني الإفصـاح لك عن مشـاعري بكل صدق ووضوح، والتقدم لطلب يدك، و ..

قاطعته صـيحة هادرة، قبل أن يبلغ مقعده، انطلقت من خلفه كالقنبلة، وصاحبها يقول في صرامة شديدة:

- (صادق) .

لم تدر (صفاء) من (صادق) هذا، ولكنها فوجئت بـ(أشرف) يلتفت في حركة حادة عنيفة إلى حيث وقف الرجل الغليظ الملامح، الذي أطلق الصـيحة، وفوجئت أيضًا بـ(عبد الحميد) يستيقظ فجأة، ويمتلئ جسده بقدر هائل من النشـاط والحيوية، وهو يغادر مقعده، ويندفع نحو الشاب، مستغلًا التفاتته نحو الرجل..

وأطلقت (صفاء) صرخة..

صـرخة أثارت هرج وذعر ركاب الطائرة، وجعلت الشـاب يستدير في سـرعة إلى (عبد الحميد)، ثم ينتزع مسدسـه في لمح البصر، ويطلق منه رصـاصة مباشره عليه.

أطلقها بلا تردد أو تفكير، ورأتها (صفاء) تخترق صـدر (عبد الحميد)، على قيد سـنتيمترات من موضـع القلب، ورأت الدماء تتفجر من صـدر (عبد الحميد)، وهو يسقط على وجهه، فأطلقت صـرخة أخرى، شـاركتها إياها راكبات الطائرة، في حين عاد الشـاب يلتفت في سـرعة وشـراسـة إلى الرجل الغليظ الملامح، ويصـوّب إليه مسدسـه، وهو يجذب (صـفاء) إليه في قوة وخشـونة، ليصنع منها درعًا بشريًا له..

وأطلقت (صفاء) صـرخة رعب، في حين هتف غليظ الملامح في توتر:

- اهدأ.. اهدأ يا (صادق).. لن يمسسك أحد.

هتفت (صفاء) في ارتياع:

- (صادق)؟!.. من أنت بالضبط؟.. (حاتم)، أم (أشرف)، أم (صادق)؟

ضـغط الشـاب عنقها بسـاعده في قوة، وهو يقول في شراسة:

- اصمتي.

ارتجفت في رعب، وأطلقت (سـميرة) شـهقة فزع، في حين قال غليظ الملامح في توتر:

- إنه (صـادق).. (صـادق برهان).. وهو شـاب طموح وشرير.. دفعه ذلك المزيج المخيف، من الشر والطموح، إلى التعاون مع أعداء وطنه، وخيانة هذا الوطن، مقابل بضـع مئات الآلاف من الدولارات، لا تسـاوي أبدًا ما فعله.

اتسعت عينا (صفاء)، وهي تهتف في هلع:

- جاسوس؟!.. أهو جاسوس؟

شـدد ضغط سـاعده على عنقها أكثر، حتى كادت تختنق، وهو يهتف في شراسة غاضبة:

- قلت: اصمتي.

وقال غليظ الملامح:

- نعم. إنه جاسوس.. بل واحد من أخطر الجواسـيس، وأكثرهم ذكاء وشراسـة، على الرغم من مظهره الوسيم الهادئ، وطبيعته المرحة، ونحن نراقبه منذ عام كامل، ونجحنا أخيرًا في دفعة لزيارة (القاهرة)، الفترة الماضية قضاها في (أوروبا)، محاولًا تجنيد أكبر عدد من شبابنا، للعمل لصالح العدو.. وكان يستغل حاجة الشباب المسافر إلى (أوروبا) للعمل، ليرمى شـباكه حولهم.. ولقد أعددنا خطتنا للإيقاع به، وإلقاء القبض عليه، فور هبوط الطائرة في مطار(القاهرة)، ولكن يبدو أنه أدرك ما ننوي فعله به.

قال الشاب في حدة:

- هذا صحيح.. لقد لمحتك أكثر من مرة، تحوم حولي في (لندن) و(روما) و(باريس)، ووجودك على متن نفس الطائرة، التي أسافر عليها إلى (القاهرة)، بعد خمس سنوات كاملة، فجر شكوكي، التي حسمتها هذه المضيفة الغبية، عندما أبلغتني أنك تراقبني.

هتفت (صفاء) في مرارة:

- إذن فأنا السبب في كل هذا.

صاح أحد الركَّاب في هلع:

- نعم.. أنت المسؤولة.. أنت الـ..

صرخ الشاب:

- اصمت.. اصمتوا جميعًا.

لاذ الركَّاب جميعهم بالصمت في رعب، وانكمشوا في مقاعدهم، في حين قال غليظ الملامح في صرامة:

- كل ما تفعله لن يفيدك بشيء يا (صادق).. لقد انكشف أمرك، ولم تعد هناك وسيلة للفرار.

هتف الشاب:

- هل تظن هذا؟.. أنت مخطئ إذن يا رجل.. لن أسلمكم عنقي بهذه البساطة.. لقد أجبرت الطيَّار على تحويل مسار الطائرة إلى (مالطة)، وهناك يمكنهم محاكمتي بتهمة اختطاف طائرة، وسأرسل في طلب محامي الخاص من (لندن)، وأطلب حق اللجوء السياسي رسميًا.. وربما أدانني القضاة هناك، وصدر حكم بسجني لعام أو عامين، ولكن هذا سيكون أفضل بكثير من حكم الإعدام، الذي يصدره ضدي قضاة المحكمة العسكرية بـ(القاهرة) حتمًا.

انعقد حاجبا الرجل الغليظ الملامح، وهو يقول:

- إنك لن تفلت من العقاب أبدًا.

هتف الشاب:
- سنرى.. سنرى من يربح هذه اللعبة.. لقد انكشف الأوراق كلها، ولن يضيرني أن..
بتر عبارته بغتة، عندما شعر بذلك الجسد الثقيل يتعلق به..
لقد زحف (عبد الحميد)، حتى بلغه، وحاول الإمساك به، على الرغم من إصابته، وكل ما فقده من دماء..
ولكن الشاب تحرَّك في سرعة، فدفع (صفاء) جانبًا، وهوى بالمسدس على عنق (عبد الحميد) في عنف، ولكن (عبد الحميد) تشبث بالمسدس، وانتزعه من قبضة الشاب، وهو يسقط أرضًا، واندفع غليظ الملامح، محاولًا الانقضاض على الشاب، وسط صرخات الهلع والفزع، ولكنه ارتطم بـ(صفاء)، التي دفعها الشاب في وجهه، ولم يكد يزيحها جانبًا، وهي تطلق بدورها صرخات الرعب، حتى فوجئ بالشاب وقد انتزع قنبلته البلاستيكية من حزامه، وصرخ:
حذار أن تحاول.. سأنسف الطائرة كلها لو فعلت.
انطلقت صرخات الركَّاب مرة أخرى، وتوقف غليظ الملامح في مكانه، وهو يهتف:
- لا.. لا تفعل.
نهضت (صفاء) من سقطتها، وهي تشعر بمرارة هائلة..
أهذا هو الشاب، الذي تصوّرته زوجًا لها؟..
أهذا هو الراكب الوحيد، في حياتها كلها، الذي استجابت لعباراته الجميلة، وكلماته الهامسة؟..
كيف انخدعت إلى هذا الحد؟..!
كيف صدَّقت أكبر كذاب عرفته؟..

تطلعت في اشـمئزاز عجيب إلى ملامحه الوسـيمة، التي اكتست في هذه اللحظة بشراسة عنيفة، وهو يقول:
- سـأنتزع فتيل القنبلة، لو حاولتم إلقاء القبض عليّ مرة أخرى.
لوَّح غليظ الملامح بكفيه، هاتفًا:
- لن نحاول.. اهدأ.. لن تفعل.
انكمش الركَّاب في مقاعدهم أكثر، وتضـاعف رعبهم وهلعهم، في حين نهضت (صـفاء) واقفة، وهي تقول في مرارة:
- لقد خدعتني.
أجابها الشاب في شراسة:
- لم يكن ذلك عسيرًا.
تضاعفت المرارة في أعماقها لعبارته، في حين قال غليظ الملامح:
- إنه محترف في هذا المجال، فوسـامته وخفة ظله، وأسلوبه في الإقناع، كانت كلها وسائل بارعة، استغلها للإيقاع بعدد من الضحايا.
قالت (صفاء) في ألم وهي تتحسس رقبتها:
- أيها الحقير.
صاح بها الشاب في غضب:
- اصمتي، وإلا قطعت لسانك هذا.
ثم أدار عينيه إلى الغليظ الملامح، مستطردًا في عصبية:
- وأنت.. أبعد يدك عن سترتك.
رفع الرجل ذراعيه، وقال:
- كنت سألتقط سيجارة فحسب.. إنني لست مسلحًا.
قال الشاب في عصبية:

- أعلم هذا.. سمعت ذلك الضخم يخبر تلك الغبية بهذا الأمر.
قال الرجل:
- هل يمكنني تدخين سيجارة واحدة إذن؟
تردّد الشاب لحظة، ثم قال في حدة:
- دعني أر يدك طيلة الوقت، والتقط تلك السيجارة بأبطأ حركة ممكنة.
مدّ الرجل يده داخل سترته في بطء، وهو يقول:
- اطمئن.. سأطيع أوامرك تمامًا، و..
وفجأة انتزع الغليظ الملامح من تحت سترته مسدسًا، وصاح بـ(صفاء):
- ابتعدي.
رفع الشاب فتيل القنبلة إلى أسنانه في سرعة، صارخًا:
- أيها الـ..
ولكنه لم يكمل عبارته..
لقد أطلق غليظ الملامح ست رصاصات نحوه، في لحظة واحدة..
واخترقت رصاصاته كلها جسد الشاب ورأسه..
وانتزعته من مكانه..
نعم.. لقد انتزعته رصاصات المسدس من مكانه، وسط صرخات رعب هائلة، ودفعته عبر الجزء المتبقى من الممر في عنف؛ ليسقط تحت قدمي (سميرة) جثة هامدة، تفجّرت منها ينابيع الدم..
وأطلقت (سميرة) صرخة رعب طويلة..
أطلقتها وهي تحدق في الوجة الوسيم، الذي فقدت عيناه بريق الحياة، واتسعتا في دهشة ألم، في حين تعلقت بأسنانه حلقة صغيرة..

وكانت هذه الحلقة هي الفتيل..
فتيل القنبلة.
لقد وجد الوقت الكافي لينتزع الفتيل بأسنانه، قبل أن يلقى مصرعه..
ونقلت (سميرة) عينيها، من وجه الشاب إلى قبضته..
ورأت القنبلة تنفلت من يده، وتتدحرج إلى جواره..
وصرخت (سميرة)..
- القنبلة.
تفجرّت موجة من صرخات الهلع والفزع والرعب والارتياع، داخل الطائرة، في حين همس (عبد الحميد)، وهو يقاوم غيبوبة عميقة، كادت تستولى عليه:
- المرحاض.. المرحاض..
وسمعته (صفاء)..
سمعته وفهمت ما يعنيه..
وبسرعة، اندفعت (صفاء) نحو جثة الشاب، وانحنت تلتقط القنبلة، ثم اندفعت بها نحو دورة المياة، وألقتها داخل المرحاض، ثم ضغطت زر التفريغ المجاور له..
وانفتحت كوة التفريغ الخاصة..
وسقطت القنبلة..
سقطت تسبح في الهواء لحظات، والطائرة تبتعد عنها في سرعة..
ثم دوى الانفجار..
وانتهى الخطر..

✿✿✿

الفصل الرابع

لوَّح مدير الأمن بمطار (القاهرة) بذراعيه، وهو يهتف في ارتياح:

- كانت (صفاء) عظيمة بالفعل.. أنا أعلم منذ زمن أنها فتاة رائعة.. ستحصل على ترقية قريبة حتمًا.

تضرَّج وجه (صفاء) بحمرة الخجل، وقال غليظ الملامح، الذي قدم نفسه باسم المقدّم (عاطف شوقي):

- وكذلك (عبد الحميد).. لقد كان رائعًا في أدائه، فلقد طلب تفتيشي في حجرة الأمن، عندما أبلغته الآنسة (صفاء) عن رؤيتها للمسدس في جيبي، وفي حجرة الأمن أريته مسدسي المصنوع من البلاستيك، وقدمت له هويتي، وشرحت له مهمتي، فتظاهر بعدم تقديره لإجراءات الأمن، وشرح للآنسة (صفاء)، أمام ذلك الجاسوس، أنني غير مسلح، مما ساعدني على مباغتته، وكذلك تظاهر بالنوم، عندما خرج الشاب من كابينه القيادة، ليمكنه مباغتته.. إنه رجل أمن عظيم بالفعل.

غمغمت (صفاء) في ندم:

- وأنا ظلمته كثيرًا.. حمدًا لله أن إصابته ليست بالغة الخطورة، وأنه سيشفى بإذن الله..

ابتسم المقدّم (عاطف)، وقال:

- هذا يثبت نجاح عمله.

أما (سميرة)، فهتفت:

- كنت أعلم أن ذلك الشاب كذاب.. كنت أعلم هذا.

لوَّح (عاطف) بكفه، قائلًا:

- ولكن زميلتك صدقته.

قالت (صفاء) في حرج:

- لقد أقنعني بهذا، خاصة وأن ملامحك كانت توحي بـ..

لم تكمل عبارتها؛ لأنها شعرت أن العبارة تفتقر إلى كثير من اللياقة، في حين هتف (عاطف) في دهشة:

- ملامحي؟!.. وما شأن ملامحي بقصة كهذه؟

ضحكت (سميرة)، وقالت:

- لم تكن ملامحك وحدها هي السبب.

لم يفهم (عاطف) ما تعنيه، ولكن تضرج وجه (صفاء) بحمرة الخجل أنبأه بالأمر، فابتسم وقال:

- هذا يعلمكما درسًا جديدًا.

قالت (صفاء) بسرعة:

- أعرفه.

ثم أردفت في ضيق:

- ليس كل ما يلمع ذهبًا، ولا كل وسـيم على حق فيما يقول، بل ربما كان الأكثر جمالًا هو الأكثر فتكًا، كما يحدث في عالم الحيوان والبنات.

وشرد بصرها، وهي تستطرد:

- تعلمت أن المظهر هو الكذاب الحقيقي.

وابتسمت مضيفة في حزم:

- أكبر كذاب.